WALT DISNEY

Rox et Rouky

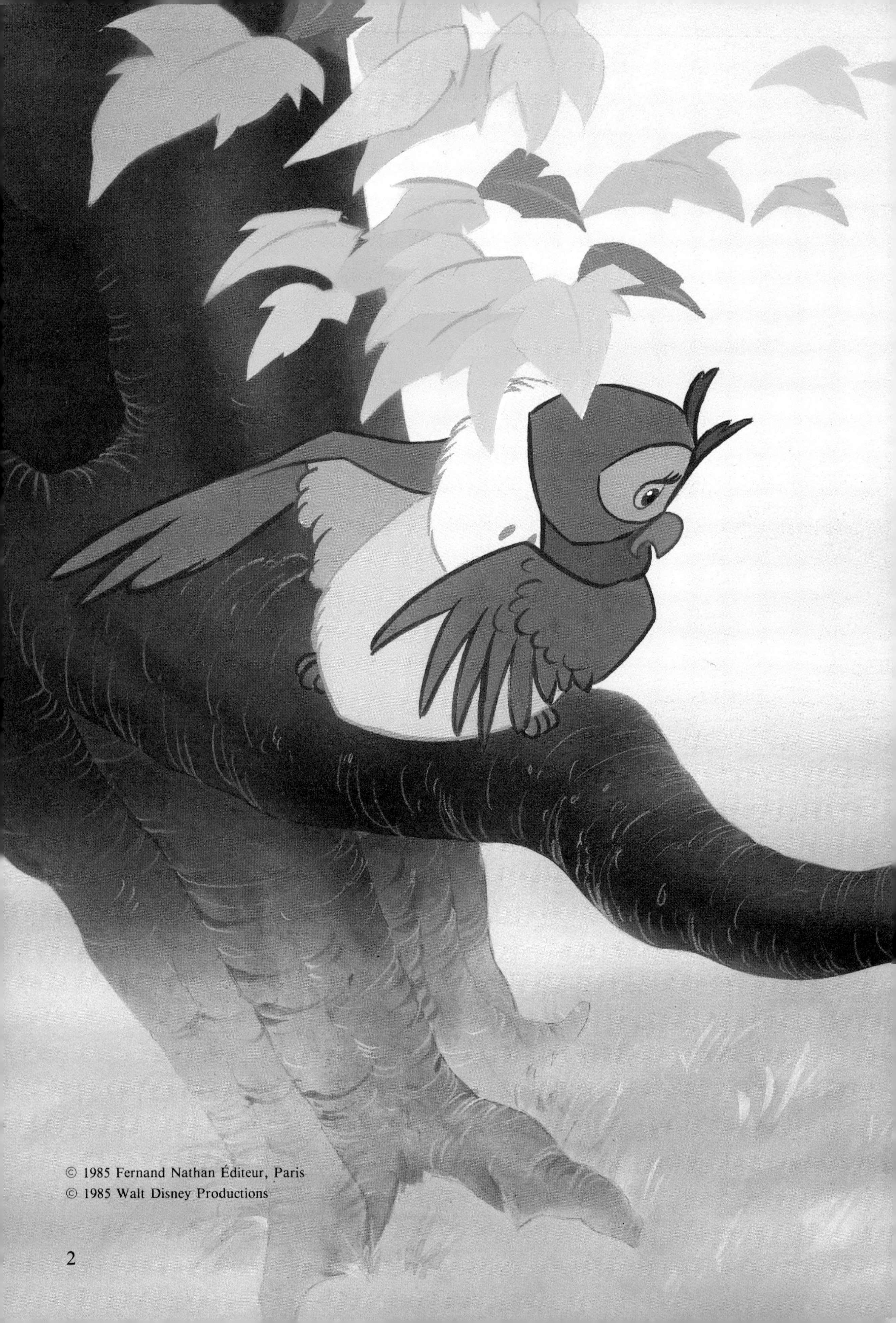

— Adieu mon petit ! dit la mère Renard.
Je m'en vais attirer les chasseurs loin de toi.
Ainsi auras-tu peut-être une chance de survivre.
Je reviendrai te chercher…
Après un dernier baiser, elle s'enfuit bien vite.
Du haut de son vieil arbre la chouette Big Mama
a tout vu…

Deux coups de fusil ont claqué.

La renarde n'est pas allée loin. Voilà le petit orphelin.

— Hou ! On ne peut pas le laisser comme ça,
dit la chouette.

Il mourra de faim et de froid.

Aussitôt elle va battre le rappel de ses amis
et connaissances.

Dinky, le moineau, et le pivert, Piqueur, ont répondu
présent. On peut compter sur leur bon cœur.

— Dépêchons-nous, hou ! remuons-nous hou !

Le jour se lève. Qu'allons-nous faire ?

Faudrait lui trouver une mère.

— Il y a la ferme de la veuve Tartine, dit le moineau.
Elle y vit toute seule et elle a un cœur d'or.

— C'est vrai, ajoute Piqueur. En hiver elle nous donne
à manger. Jamais elle ne laissera ce petit dehors.

— Mais comment faire ? Elle ne va pas le remarquer
dans les hautes herbes. Et il est bien trop jeune
pour marcher jusqu'à la porte.

— J'ai une idée ! dit Big Mama. Venez vite avec moi !
Sur le fil sèche une nappe blanche. Ils la décrochent
et la tenant solidement de leurs becs, l'emportent
comme une grande voile.

— Attention, lâchez tout ! crie Big Mama en survolant
le renardeau qui disparaît sous cette couverture
improvisée. Il ne reste plus qu'à attendre..
Pas bien longtemps d'ailleurs. Dame Tartine,
de belle humeur, sort pour décrocher son linge.

— Tiens ! ma nappe s'est envolée ! Il n'y a
pourtant pas de vent.
Elle va la ramasser et voit deux grands yeux noirs
qui la supplient.
— Ça par exemple ! Mais que fais-tu là, mon petit ?
Tu dois avoir froid ! et très faim. Viens-t'en au chaud.
J'ai du bon lait, c'est doux, c'est sucré, ça réchauffe.
Elle l'a pris sur ses genoux.
Comment vais-je te baptiser ?
Elle réfléchit un moment.
Rox. Ça t'ira comme un gant.
Rox aimerait acquiescer, mais il est bien trop occupé
à téter son lait goulûment.

Toute blanche dans la vallée,
abritée sous un toit tout rouge,
c'est la ferme de dame Tartine.
Elle a pour unique voisin,
Amos Slade, le fameux chasseur
qui vit dans sa petite maison
avec Chef, un vieux chien
de chasse.

Ce matin-là, précisément, Amos porte un curieux colis.

— Tiens, Chef ! dit-il à son vieux compagnon,
je t'ai amené du renfort pour la prochaine saison.
Tout maladroit, paraît un chiot, avec de grandes oreilles.

— C'est Rouky, je te le confie.

« Faisons bien vite ami-ami », songe Rouky en voyant
l'autre. Et il s'empresse de lui faire un bon gros baiser
bien baveux sur la truffe. Chef, indulgent,
a le sourire ; au fond il ne demandait pas mieux.

La ferme de la veuve Tartine n'est pas très grande
ni bien riche. Quelques poules, quelques canards,
dans l'étable une seule vache, une grange où sèche le foin,
une mare où les crapauds chantent.
Mais pour Rox, c'est un paradis.
Pas d'inquiétude, pas de soucis ! Quand il a faim,
la table est mise. Et chaque nuit, heureux,
il dort au pied du lit de son amie.

Tout le temps il suit sa maîtresse.
— Tiens, attrape ! lui crie-t-elle, et d'un geste habile
elle envoie une giclée de lait tout chaud.
Il s'en pourlèche les babines. Il est vraiment
le plus heureux de tous les renardeaux du monde !

Il est sorti
pour prendre l'air.
Justement ses amis
Piqueur et Dinky
sont là faisant
la chasse à la chenille.
Plein d'enthousiasme
Rox entreprend
de les aider.
Tant et si bien...

que voilà Piqueur
muselé, et la chenille
réveillée s'échappe
de toute la vitesse
de ses mille
petites pattes.

L'été est là. Rox a grandi. La ferme n'est plus assez
grande pour lui. Il part explorer le vaste monde.
Et un matin, près du ruisseau il voit arriver nez en l'air,
oreilles au vent, queue en panache, Rouky,
parti lui aussi en ballade.
« Etrange chien ! se dit Rouky. Mais il a l'air
plutôt gentil. »

— Voudrais-tu jouer avec moi ? lui demande le renardeau.

— Oui, bien sûr ! Quels jeux connais-tu ? Cache-cache, saute-mouton ou bien la chasse aux papillons ?

Ils courent, roulent et batifolent dans l'herbe haute et parfumée. Ce n'est que le soir qu'ils se quittent.

— A demain !

Les voilà copains.

Le lendemain Rouky n'est pas au rendez-vous dans la prairie. Rox s'en va le voir chez lui. Il y découvre son ami, attaché au tonneau qui lui sert de niche.

— Bonjour Rox ! Tu vois, je n'ai pas pu venir.

— C'est pas grave, ne fais pas la tête. Je vais rester auprès de toi et nous jouerons aux devinettes.

— Tiens ! Mais qui c'est celui-là ? Il me semble bien
sympathique.

— C'est Chef. Il est gentil, mais fais attention.
Le renardeau, bien téméraire, entre dans la niche
du chien pour lui présenter ses respects.
« Je vais l'éveiller gentiment, songe-t-il. A trois
le temps passera plus agréablement. »

Mais Chef ne dormait que d'un œil.
A l'odeur du renard son vieux sang de chasseur
ne fait qu'un tour. Il bondit sur Rox et le poursuit,
traînant son tonneau derrière lui.
A train d'enfer ils traversent le poulailler.
Quel rififi chez les poulettes !
Au comble de cette confusion, paraît Amos,
brandissant son fusil.

Notre ami l'a échappé belle.
Il a couru se réfugier dans
les jupes de dame Tartine.
Amos arrive, hors de lui.
— Votre monstre de renardeau
a voulu croquer mes poulettes !

— Balivernes ! rétorque-t-elle.
Il est bien trop jeune pour ça !
C'est plutôt votre affreux clébard
qui a voulu mordre mon renard !
Dame Tartine n'est pas commode,
Amos préfère en rester là.
— C'est bon, dit-il, n'en parlons
plus. Mais gare à lui
si je le retrouve sur mon chemin !

Depuis ce jour, c'est en cachette qu'il va visiter
son ami. Finis les jeux, finie la fête,
ils se voient en catimini.
Et un matin, quelle surprise ! Caché derrière
le tonneau-niche de son ami, que voit-il ?

Amos Slade, Chef et Rouky, assis dans la vieille
guimbarde qui fume, crache et pétarade,
partent munis de provisions.
Rox avait bien entendu dire qu'ils devaient tous aller
à la chasse à l'automne. Ce jour lui paraissait
lointain et voilà qu'il est arrivé. C'est le cœur gros,
au bord des larmes, qu'il voit s'en aller Rouky.

Les jours passent, un peu monotones.

Il pleut souvent, il fait plus froid.

Les feuilles ont jauni, puis sont tombées.

Un matin, quand Rox se réveille, c'est à n'en pas croire ses yeux.

La campagne tout entière a disparu sous une épaisse couche blanche, comme un duvet tombé du ciel.

Rox s'est précipité pour goûter à cette étrange poudre
qu'il n'a jamais vue. Brrr ! ça vous glace le museau.
Pour les oiseaux, c'est une époque difficile.
Dinky et Piqueur se donnent de grandes tapes
dans le dos pour tenter de se réchauffer.
Le vieil épouvantail qui n'épouvante plus personne
les abrite un peu du vent, mais il est plein
de courants d'air.

Pendant ce temps, dans la montagne, attentif
aux conseils de Chef, Rouky fait son apprentissage.
Plus question désormais de jouer tout le jour ;
il s'agit de travailler dur.
Il court partout, flaire les pistes, débusque le gibier
caché et rapporte vite à son maître les proies
que ce dernier a tuées. Cette vie active l'enthousiasme.
Sa vie de chiot est déjà loin.
Jour après jour, il oublie Rox.

Et puis l'hiver, enfin, finit. L'air embaume,
les oiseaux chantent, les fleurs tapissent la prairie.
Rox a maintenant juste un an.
Pour fêter cet anniversaire, Tartine lui a donné
un collier.

— Comme tu es beau ! Que tu as grandi ! s'exclament
ses amis les oiseaux qui l'ont à peine reconnu.

— Te voilà désormais un homme, fils ! dit Big Mama
très émue, enfin, je veux dire un renard.

— Teuf, pouf, pouf, teuf, fait le tacot qui pétarade
dans la côte. C'est bon de revenir chez soi.
Voilà les chasseurs de retour. Les peaux sont empilées,
nombreuses, à l'arrière de la voiture. Amos sifflote un
air joyeux. Rouky accompagne son maître de soupirs
de satisfaction. Chef, lui, est un peu jaloux.
Rox, qui les voit arriver, a envie de sauter de joie.

A la nuit, sous la pleine lune, Rox a couru
chez son ami. Son cœur bat de revoir Rouky.
— Te voilà enfin de retour ! Comme avant,
on va tous les jours courir et jouer dans les bois.
Le chien tient un autre discours.

— Je suis chasseur et toi gibier ! Fini, Rox,
de jouer ensemble !
— Souviens-toi de notre passé. Nous étions amis,
il me semble.
Mais Rouky veut tout oublier.

Et puis soudain, tout va très vite. Chef s'éveille
et donne l'alarme. Amos arrive, lâche les chiens.
Rox s'enfuit, court à perdre haleine. Il se cache
dans un grand trou.
Rouky approche. Rox a très peur.
— Sauve-toi vite, dit le chien.
J'entraîne Amos
de l'autre côté, je veux pas que tu sois tué.
Puis il s'en va, flairant le sol.
Le chasseur suit sans se douter qu'il est sur
une fausse piste.
Rassuré, le renard file sur le pont
du chemin de fer.

Pour se retrouver nez à nez avec Chef.
Ils courent tous deux sur le pont
quand soudain, dans un bruit d'enfer,
surgit un train de marchandises.
Affolé par ce monstre en fer
Rox se tapit contre le sol.
Le train passe au-dessus de lui.

Chef n'a pas autant de chance.
La locomotive le heurte et l'envoie
au fond du ravin.
Le train disparaît dans la nuit.
Tout à nouveau est silencieux,
mis à part, dans le précipice,
le vieux chien qui geint faiblement.

Amos est venu rapporter l'histoire à la veuve Tartine.
En partant il a juré qu'il tuerait Rox un jour ou l'autre.
Dorénavant, il n'est plus en sécurité à la ferme de
la vieille dame. La mort dans l'âme, elle se résigne à
l'emmener à tout jamais au fond des bois,
très loin de là.

— Tu sais, mon petit, que je t'aime, mais je ne peux
plus te garder. Tant que j'ai pu, je t'ai logé, soigné,
nourri et protégé. Mais tu es un animal sauvage.
Tu es né pour la liberté. A présent dans cette réserve,
tu seras en sécurité.

La liberté ! Mais à quel prix ?
Esseulé, triste, abandonné,
Rox se cherche un toit,
sous la pluie.
Sa vie était bien trop facile,
il ne sait pas se débrouiller.
— Bonjour ! dit-il. Peux-tu
m'abriter pour la nuit ?
Le blaireau n'est pas très
sociable, mais au fond,
il n'est pas méchant.

Pendant ce temps, chez Amos Slade,
Chef se remet de ses blessures.
Plus de peur que de mal, en fait.
Une bonne entorse à la patte mais,
soigné comme un coq en pâte,
il sera bien vite sur pied.
Amos ne voit plus le renard
mais il ne veut pas pardonner
et entend tenir sa promesse.
— Tu vois, Rouky, dit-il au chien,
avec ce piège on va bientôt
attraper ce renard du diable ;
j'ai promis que j'aurais sa peau.

Rouky regarde, l'air méchant,
Rox est la cause assurément
de tous les maux dont souffre Chef.
« Il mérite d'être puni »
songe-t-il, oubliant dès lors
qu'autrefois ils étaient amis.

Mais Big Mama n'oublie pas Rox,
elle qui l'a sauvé jadis.
Elle s'envole dans les bois pour retrouver
son protégé.
En chemin elle a rencontré une demoiselle
renarde aimable, vive et distinguée.
« Hou ! C'est juste ce qu'il lui faudrait,
une compagne de sa race », s'est-elle dit
en la voyant.
La demoiselle s'appelle Vixy
et s'est montrée très enthousiaste
à l'idée de voir notre ami.

Voyez-les toutes deux cachées
à l'abri d'un épais fourré
quand Rox apparaît tête basse.
— Houhou ! Viens ici mon ami
que je te présente à Vixy !
Et bien sûr, c'est le coup de foudre.

Il ne sera plus jamais seul. La vie recommence
à sourire. Tout d'un coup il sent qu'il a faim.
Pas étonnant puisqu'il n'a rien avalé depuis
le matin. Sous le regard amusé de tous
leurs amis emplumés les renards partent
pour la pêche. Vixy est habile à ce jeu.

Faut voir comment elle a sauté en équilibre
sur le vieux tronc et puis va d'une patte leste
attraper ce petit poisson.
Rox la regarde héberlué. Il n'ose pas trop
l'imiter de peur de tomber dans l'étang.
— Très vite, il aura pris le coup,
dit Big Mama fière de lui.

Dans les bois la vie
s'écoule sans nuages
pour Rox et Vixy.
Déjà ils parlent
mariage. Ils feront
un joli ménage.

Mais c'est compter sans Amos Slade...
Le chasseur les a retrouvés.
Rouky se prépare à bondir,
Amos a son fusil tout prêt.
Et cet entretien pourrait bien
mal finir pour les amoureux.

Rox s'est enfui, Rouky le chasse en aboyant comme
un démon. Il veut le pousser vers les pièges.
Mais la vie au grand air a rendu Rox prudent et rusé.
Il a repéré le danger et l'évite au dernier moment.
Alors Amos, écumant de rage, épaule et tire.
Il le manque fort heureusement.

Commence une poursuite folle. Rouky pense
à son ami Chef qui est resté à la maison.
Cette idée décuple sa rage. Amos, déchaîné,
l'encourage. Rox et Vixy s'enfuient.
— Rox ! lui crie-t-elle, par ici !
Il la suit et à l'unisson ils se cachent
dans un buisson.

— Nous les tenons, dit Amos
à Rouky qui marque l'arrêt.
Le fourré bouge, ils vont sortir.
Les chasseurs tremblent
d'impatience.
— Ils vont avoir une surprise,
crois-moi, ces renards
de malheur.

La surprise sera pour lui.
Ils ont réveillé un grizzly
vraiment de très mauvaise humeur
et qui déteste les chasseurs.
— Qui a osé troubler ma sieste ?
grogna-t-il bavant de colère.
Amos voudrait battre en retraite
mais il ne peut plus reculer.
Ses jambes refusent de bouger
tellement il est effrayé.

En voulant défendre son maître
Rouky s'effondre, assommé.
Il gît sans conscience dans l'herbe.
L'ours s'approche pour l'achever
quand soudain une flèche rousse
sort du fourré. Rox a tout vu.
Voilà qu'il vole à la rescousse
de celui qui le poursuivait.

Il mord le grizzly à l'oreille et s'y cramponne
fermement. Il tourne et saute autour de l'ours.
C'est trop pour la bête féroce.
— Ces deux-là me donnent la migraine ;
et que dira ma fiancée si je m'en vais la retrouver
les oreilles toutes mangées ? Il abandonne le combat.

Rox se rapproche de Rouky
qui se relève un peu groggy.
— Alors, vieux frère, lui dit-il,
tu as eu chaud.
Tout à la joie de sa victoire
et de voir que Rouky n'a rien,
il n'a pas entendu venir
le chasseur, son fusil pointé.
Le renard n'en croit pas ses yeux.
Ainsi, l'homme qu'il vient de sauver
l'abattrait sans hésitation ?

« Amos n'a vraiment pas de cœur,
songe Rouky. Rox lui a pourtant
sauvé la vie.
Je serai moins ingrat que lui. »
Et le voilà qui s'interpose
entre le fusil et son ami.

Au fond Amos n'est pas vraiment méchant.
Mais la rancune l'aveuglait. Il a bien compris la leçon
que lui ont donnée les animaux.
— C'est bon, fait-il abaissant son arme,
retourne dans la forêt. Dorénavant tu auras la paix.
Signons un pacte de non-agression.
Rox comprend qu'il est sauvé. Rouky, en dépit
de sa race, malgré sa soumission à la dure loi
de la chasse, a préféré leur amitié.
C'est le cœur joyeux qu'ils se quittent,
car ils se reverront, parfois, comme autrefois.

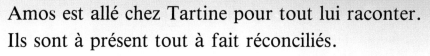

Amos est allé chez Tartine pour tout lui raconter.

Ils sont à présent tout à fait réconciliés.

— Que penses-tu de Tartine ? demande Chef à Rouky.

— C'est une bonne cuisinière. Elle fait des pâtés super !

— Sans être infidèle à mon maître, fait le vieux chien,
je serais ravi d'avoir aussi une maîtresse.

— Ça, l'avenir nous le dira, conclut Rouky d'un air malin.

L'avenir pour Rox est tout rose,
tout roux plutôt, couleur poil
de renarde. Assis au sommet
du coteau, ils contemplent
dans la vallée la ferme où Rox
a grandi.

— J'étais heureux, murmure-t-il,
mais je le suis davantage
aujourd'hui, car j'ai choisi
la liberté.

Numéro d'éditeur W 37823

Imprimé en Espagne